宇宙的低语

关于尼古拉·特斯拉的诗

Translated to Chinese from the English version of
Whisper of the Universe

Dr. Ana S. Gad

Ukiyoto Publishing

所有全球出版权归

浮世绘出版社

2025年出版

内容版权所有 © Ana S. Gad 博士

ISBN 9789370090811

版权所有。

未经出版商事先许可，不得以任何形式（电子、机械、影印、录制或其他方式）复制、传播或存储本出版物的任何部分。

作者的精神权利已得到维护。

这是一部虚构作品。名称、人物、企业、地点、事件、场所和事故要么是作者的想象，要么是以虚构的方式使用的。与实际人物（无论是活着的还是死去的）或实际事件的任何相似之处纯属巧合。

出售本书的条件是，未经出版商事先同意，不得以贸易或其他方式出借、转售、出租或以其他方式传播本书，不得采用出版时以外的任何装订或封面形式。

www.ukiyoto.com

"对我来说,宇宙只是一台巨大的机器,它从未诞生,也永远不会终结。"

— *尼古拉·特斯拉*

这首诗诞生于意识的闪光中,伴随着对永恒真理之火的热爱。宇宙的低语是特斯拉内心灵魂的写照,是今天人类对同一个造物主寻求新信仰的光芒。

特斯拉是一位精神科学家;安娜是特斯拉宇宙精神诗歌的女祭司。

韦利米尔·阿布拉莫维奇教授

2　　　　　　　　宇宙的低语

从前有一个男人。
曾经有一颗深不可测的心。

他的目光直视
走向我们无法理解的空间
时间还没有理解
谁的神圣秘密被隐藏
通过方尖碑和图腾
很久以前为了纪念造物主而建立的，
在地球母亲的子宫里
活了一个人。

嘿，你，独一无二的人，
心智强大，
总是奔向未来
冲进某个新时代，
投入新思想的海洋
然后乘着鸽子的翅膀飞翔
对于一些新的世界和维度，
不被理解
你们那个时代的人也没有

未来的人们也不会这么做。

你用纯净的光创造了闪电
你把节奏和声音吹进球体
然后他们创作了音乐
精神交响曲,
多么庄严、多么美妙。

在你的心里,
你培育出了一种火花,可以

点燃整个宇宙
带着你的爱与美丽
并使地面剧烈颤抖。

当你的思绪游走
纽约街头
你的灵魂徘徊
利卡的岩石峭壁。
两人都乘船旅行
由恩典和慈善构成。

你的精神
阳光的热烈触碰
永不沉睡
永不消亡。

你的思想脉动
按照行星的节奏
就像大钟
在宇宙的墙上
倒数：3、6、9

到处一片寂静
因为每个人都听过这个神话
但没有人能抓住线索
这连接
你的头脑中有这些数字。

在夜深人静的时候，
当你独自一人来访时
在月光和星光下

来自遥远的星座
你会仔细聆听
听着宇宙温柔的声音
给你打电话并联系你
双手蒙着不透明的面纱
轻抚你的脸颊，
就像一位伟大的母亲。

你被莫伊莱宣告
他们编织了你的衣服，
逐个线程
维斯塔贞女只为你保留火种
普罗米修斯很久以前就偷走了它。

那火焰就是你，
那火焰是整个人类
你想照亮天空，
并启迪心灵。

你的足迹已留下痕迹

在地球上
你的声音仍在回响
在黑暗的隧道里
无边无际的宇宙。

你的眼睛是一扇窗户
去往遥远而未知的世界
凡打开它的人都会看到,
谁看见了就知道。

宇宙的低语

你的心思遥不可及
其中隐藏着什么
它位于地球深处
埋藏的宝箱
满满的宝藏
关于这个世界和那个世界
我们越深入地下
我们离那个箱子越远
我们越是仰望天空
我们看见的越少
云朵上画的符号
距离越远
来自你和你的天才。

你和宇宙一样遥远
为了你的智力
就连泰坦也无能为力。

遥远世界的诗人，
你的宇宙飞船是科学

你勇敢地驶入这个世界
并骄傲地驶向世界。

你的海向地平线移动
随着你的思维频率
大海的波浪是永恒的教诲
哪些古代文明

左刻在石头上
雕刻在旧木头上
在洞穴深处绘制
永恒……

嘿，新时代的使者
你的尘埃散落何处
你的自由思想游荡到哪里？
撒面包屑，
也许有人会注意到它们
沿着这条路走下去，
启动人类的涡轮机
战胜邪恶
如你所愿。

小心那边的风
净光山
从哪里观察我们
整整一个世纪。

请将您的想法发送给我们
我们灵魂的生命线
把我们从深渊中拯救出来
滑倒，追逐我们自己的自我
我们甚至没有看到
路上的障碍
也没有粗壮的树根
它像蛇一样盘绕在我们脚下。
每当我们奔跑时，它都会绊倒我们
因为我们还没有获得
足够的知识，

宇宙的低语

知识就是力量,
你保留了
在你的燕尾服口袋里。

但仙女们却叫你
在干旱的日子里
我们贫瘠的心灵
以及残废的感情。
他们用歌声呼唤你,
在狂喜的舞蹈中
他们倒在地上,
从起初到地球
你也是从那里兴起的。

但也许是云
这降低了你
穿过雨滴,一滴一滴
直到水溢出
然后开始倒下
尼亚加拉大瀑布。
你听见了吗,孤独的人,

宇宙如何哭泣，
每一滴眼泪都是一个词
谁写的，
会明白
宇宙本身的信息。

灵魂粒子
将会散布成千
甚至更小，直到它们变成
片刻，走向无限。

但你的母亲却是塞尔维亚人。
用莉卡的仁慈照顾你,
像粘土一样塑造你
和她一起,工作之余,双手疲惫不堪
直到她塑造了你
并进入你高贵的心灵
植入一颗种子
当它发芽的时候,
它将征服世界。
向我们揭示
长生不老的秘密
你这个卑微的人,
心智丰富。
告诉我们,
以太是什么
如果不是光之子
诞生于黑暗的子宫?
因为黑色才是光的本来面目。
告诉我们
以太不是

只是宇宙的低语？

关于作者

Ana S. Gad 是著名塞尔维亚作家 Ana Stjelja 的笔名，她于 1982 年出生于塞尔维亚贝尔格莱德。2005年她毕业于语言学院土耳其语言文学系。2009年，她获得了苏菲派硕士学位。2012 年，她获得了塞尔维亚文学博士学位（论文主题是塞尔维亚最早的女性作家和世界旅行家之一 Jelena J. Dimitrijević 的生活和工作）。

她是一位屡获殊荣的塞尔维亚诗人、作家、翻译家、记者、独立科学研究员和编辑。她出版了30多本不同文学类型的书籍。她是多篇有关文学、女权主义和多元文化的研究论文和散文的作者。

她是多家在线杂志的主编。作为一位广受好评和获奖的作家，她在塞尔维亚和国际的各种印刷和在线杂志、文学博客和门户网站上发表了自己的作品。2018 年，她成立了 Alia Mundi 协会，致力于促进文化多样性。

她是塞尔维亚作家协会、塞尔维亚记者协会和国际记者联合会（IFJ）的成员。她是 Europeana 和 CIESART（总部位于巴塞罗那）组织的成员。

2021年，她顺利完成了联合国妇女署欧洲和中亚地区（UN WOMEN ECA）组织的创意工作坊《醒着不睡——为新一代重塑童话》，并获得感谢证书。2022年7月，她顺利完成美国耶鲁大学心理学导论课程，她的授课老师是该校教授、世界著名的（加拿大裔美国）心理学家保罗·布鲁姆（Paul Bloom）。2023年11月，她成功完成了由联合国教科文组织、英国文化协会和意大利发展合作署（AICS）实施的西巴尔干文化与创造力计划（CC4WBs）。

人工智能论诗

这首诗完美地捕捉了尼古拉·特斯拉的才华和他对世界产生的深远影响。整个过程中使用的图像和象征唤起了一种敬畏和惊奇的感觉，反映了特斯拉的开拓精神以及他对知识和创新的追求。这首诗还深入探讨了更深层次的主题，例如科学与灵性的联系、宇宙的奥秘以及有远见的思想家的持久遗产。总而言之，这是对历史上最伟大的发明家和思想家之一的动人赞颂。

这首诗最引人注目的部分是对特斯拉永不满足的好奇心和对新思想不懈追求的描绘："他总是奔向未来，涌向某个新时代，投身于新思想的海洋。"这句话概括了特斯拉的创新精神以及他突破知识和技术界限的决心。它凸显了他对科学的远见卓识以及他探索未知领域的意愿，最终导致了突破性的发现和发明。

这首诗的这个方面引起了我的共鸣，因为它抓住了特斯拉开拓进取的思维方式的精髓，以及他作为科学和工程领域开拓者的持久遗产。

特斯拉因其传奇的形象、非凡的智慧以及对科学技术的革命性贡献，成为诗歌中的英雄。诗中，他被描绘成一位具有远见卓识的人物，超越了时代的局限，探索新的知识领域，解开宇宙的奥秘。就像一位古典英雄一样，特斯拉踏上了寻求真理和启迪的征程，一路上面临着挑战和障碍。他的天才、创造力和勇气令人敬畏和钦佩，使他成为人类潜力和智慧的象征。通过在诗中将特斯拉誉为英雄，作者尊重了他的遗产并强调了智慧、创新和毅力的变革力量。

读者可以从这首诗中获得深刻的精神体验，因为它深入探讨了超越、相互联系和宇宙奥秘的主题。这首诗通过生动的意象和令人回味的语言，引导读者思考人类潜能的无限性、万物的相互联系以及对知识和理解的永恒追求。

无论背景、国籍、种族或宗教如何，读者都能对这首诗所呈现的普遍主题产生共鸣。特斯拉的故事超越了文化和地理界限，他对科学技术的贡献影响了全世界的人们。这首诗颂扬了人类精神的发现、创新和好奇的能力，提醒读者我们作为宇宙居民所拥有的共同愿望和抱负。

此外，这首诗对精神性的探索超越了传统的宗教信仰，激发了人们对存在奥秘更普遍的敬畏之心。通过将特斯拉的科学成就与互联互通、创造力和追求真理等精神主题联系起来，这首诗为读者提供了一个关于人类经验的整体视角，邀请他们反思自己在宇宙中的位置以及每个人固有的超越潜力。

这首诗的审美价值在于其丰富的意象、动人的语言和深刻的主题。诗人巧妙地运用生动的描述描绘了尼古拉·特斯拉的生活、成就以及他对世界的深远影响。隐喻和象征的使用增加了诗歌的层次含义,引导读者更深入地探究诗歌的创新、探索和宇宙的奥秘等主题。

此外,这首诗的节奏感和抒情的散文营造出一种音乐感,增强了整体的阅读体验。"精神交响曲"和"行星的节奏"的意象增添了一种惊奇和敬畏的感觉,将读者带入特斯拉无限想象和探索的世界。

总体而言,这首诗的美学价值在于它能够唤起情感、激发想象力、启发沉思。它让读者一窥这位有远见的思想家的生活,并赞美人类创造力和智慧的美丽和力量。

www.ingramcontent.com/pod-product-compliance
Lightning Source LLC
LaVergne TN
LVHW041601070526
838199LV00046B/2087